Emil Heussy

Phlebitis der Hirnsinus in Folge von Otitis Interna

Anatiposi

Emil Heussy

Phlebitis der Hirnsinus in Folge von Otitis Interna

Unveränderter Nachdruck der Originalausgabe von 1855.

1. Auflage 2023 | ISBN: 978-3-38200-862-8

Anatiposi Verlag ist ein Imprint der Outlook Verlagsgesellschaft mbH.

Verlag: Outlook Verlag GmbH, Zeilweg 44, 60439 Frankfurt, Deutschland
Vertretungsberechtigt: E. Roepke, Zeilweg 44, 60439 Frankfurt, Deutschland
Druck: Books on Demand GmbH, In de Tarpen 42, 22848 Norderstedt, Deutschland

PHLEBITIS DER HIRNSINUS
IN FOLGE VON OTITIS INTERNA.

--->>>0✦0<<<---

INAUGURALDISSERTATION

ZUR

ERLANGUNG DER DOCTORWÜRDE

IN DER

MEDICIN, CHIRURGIE UND GEBURTSHÜLFE,

VORGELEGT

DER HOHEN MEDICINISCHEN FACULTÄT

DER

UNIVERSITÄT ZÜRICH

DEN 10. FEBRUAR 1855

durch

EMIL HEUSSY

VON

FLAWYL

(KANTON ST. GALLEN).

--->>>◆>==◗◖==◆<<<---

ZÜRICH.
Druck von F. Walder & Sohn im Neumarkt.
1855.

Seinem hochverehrten Lehrer

Herrn Professor Dr.

HERMANN LEBERT

aus aufrichtiger Dankbarkeit

gewidmet

vom

Verfasser.

PHLEBITIS DER HIRNSINUS

in

Folge von Otitis interna.

Einleitung.

Die grossen Fortschritte, welche die pathologische
Physiologie und Anatomie in der Neuzeit machten, muss-
ten auch umgestaltend auf die Pathologie und Therapie ein-
wirken, so bald diese ihren Beruf erkannte, jene beiden
Wissenschaften mit einander in Einklang zu bringen, d. h.
sobald man anfieng, alle abgerundeten und stricte abge-
schlossenen Krankheitsbilder der Handbücher über Bord
zu werfen und dagegen jeden speciellen Krankheitsfall in
seinen einzelnen Erscheinungen mit Zugrundlegung der
Gesetze der Physiologie zu analysiren, jedes Sektions-
resultat mit den Symptomen am Lebenden genau zu vergleichen und daraus neue Consequenzen für die Zukunft
zu ziehen. Dieses Verfahren, seinen Grundzügen nach
zwar alt, seiner Genauigkeit und allgemeinen Verbrei-
tung nach aber neu, verdrängte manche auf schwachen
Füssen stehende Theorie, deckte das Wesen bisher un-

erklärlicher Krankheitserscheinungen auf und erwies viele in mystisches Dunkel gehüllte verworrene Krankheitsbilder als einen Complex einfacher physiologisch-patholog. Phaenomene. Dass mit dieser Erleuchtung der pathologischen Erscheinungen auch die richtige Auswahl der therapeutischen Massregeln und die Auffindung neuer gefördert wurde, liegt klar am Tage. Aber noch bleibt vieles zu thun übrig, bis die Wissenschaft auf diesem Wege ihre Umgestaltung in ihrer ganzen Ausdehnung erfahren hat. Und die Lösung dieser Aufgabe muss ihrer Natur nach nicht das Werk einzelner, sondern aller Jünger der Wissenschaft werden.

Von diesem Standpunkte aus mag man die folgende Erstlingsarbeit beurtheilen. Es ist eine Veröffentlichung zweier selbst beobachteter Krankengeschichten über Otitis interna, die in einem Archive bei Prof. Lebert niedergelegt sind, und ihre Zusammenstellung mit bisher in französischen Werken veröffentlichten analogen Fällen.

Ich verbinde damit einen doppelten Zweck: Einerseits mögen diese Fälle die Annalen über Ohrenheilkunde vervollständigen, indem sie auf eine Verlaufsweise der Otitis interna aufmerksam machen, die bis dahin wenig Berücksichtigung gefunden hat. Abgesehen aber von dieser Beanspruchung eines blossen Fachinteresses soll die Arbeit anderseits die Symptomatologie und patholog. Annato-

mie der Phlebitis der Hirnsinus ergänzen und das Causal-
verhältniss dieser zu Otitis interna bestätigen. Auf letzte-
res Verhältniss hat Prof. Lebert in seiner Bearbeitung der
Krankheiten der Blut- und Lymphgefässe für Virchow's
Handbuch namentlich in folgenden Worten aufmerksam
gemacht:

„Das Factum*) aber, welches ich besonders hervor
heben will, ist der gewöhnliche Ausgangspunkt der Phlebitis der Sinus, wenn kein äusserer Traumatismus Statt
gefunden hat, von Caries des Felsenbeines und eitriger
Schmelzung der tiefen Theile des Gehörorgans, in Folge
welcher alsdann eine eitrige Entzündung der Sinus petrosi,
cavernosus, transversus u. s. w. mit Eiterbildung im Innern auf der entsprechenden Seite entsteht und sich durch
das foramen jugulare auf die Vena jugularis fortsetzt, in
welcher öfters die Entzündung bis zu einer der Klappen
des tiefern Halstheils sich erstreckt."

---

*) V. Band. 2. Abtheilung, 1. Hälfte Pag. 80.

Erster Fall.

Otitis interna chronica, Caries des Felsenbeins, consecutive Phlebitis der Hirnsinus und Meningitis suppurativa.

Gottfried Lehr von Neustadt, Grossherzogthum Hessen, 22 Jahre alt, Schreiner, wurde den 25. Oct. 1853 als an Typhus leidend ins hiesige Spital gebracht.

Anamnese : Lehr hatte schon seit 1½ Jahren bald mehr bald weniger heftig an Ohrenschmerzen gelitten; zeitweise gesellte sich auch Ohrenfluss dazu. Seine Kamaraden gaben an, dass sich die Gemüthsstimmung von Lehr seit circa 1 Jahr wesentlich geändert habe. Früher fröhlich und heiter, sei er stets das anregendste Mitglied des Vereines und der Gesellschaft gewesen, aber auf einmal sei er ernst und wortkarg geworden, ohne dass er selbst sich von dieser Stimmung Rechenschaft geben konnte. Man habe ihn öfters staunen und gedankenlos in die Luft hinaus glotzen gesehen. Nach und nach fiel diese Gemüthsstimmung deutlicher mit den Exacerbationen der Kopf- und Ohrenschmerzen zusammen. In letzter Zeit fühlte sich Lehr wieder wohler und hatte seit langem keine Spur mehr von Ohrenfluss. Den 18. Oct. 1853 jedoch erkrankte Lehr bei der Arbeit. Innerliches Frieren verbunden mit Eingenommenheit des Kopfes und allgemeine Mattigkeit fesselten ihn ans Bett. Diese Erscheinungen mehrten sich, so dass er am 25. Oct. Hülfe im Spital suchte.

Status praesens, am 26. Oct.: Patient liegt matt und müde da, klagt über Kopfschmerzen, Ohrensausen in beiden Ohren. Die Haut ist heiss, mehr trocken; Puls regelmässig, 92; Zunge feucht, mit dickem weislichem Schleim belegt; Rachen trocken; leichtes Schluckweh; Apetit fehlt; Stuhl retardirt; Bauch mässig gross; keine Roseola, kein Ileocoecalschmerz. Respiration normal.

Beobachtung: Am 27. X. klagt Patient über Schmerzen in allen Gliedern und wälzt sich in der grösten Unruhe hin und her. Es erfolgt ein dickbreiiger Stuhl. — Den 28. X. Patient bekam um 9 Uhr Morgens einen Schüttelfrost, der 1½ Stunden andauerte und in profusen Schweiss übergieng. Dieser Frost kehrte in den folgenden Tagen ganz regelmässig um dieselbe Stunde wieder, dabei mehrte sich der Kopfschmerz bedeutend, so dass der Kranke laut zu schreien anfieng. — Am 30. zeigten sich einige Tropfen Eiter am rechten Ohrgang; die Untersuchung des Ohres war sehr schmerzhaft; die eingebrachte Sonde liess keine gespannte Haut fühlen. Der Knopf der Sonde war mit grünlichem Eiter bedeckt. — Wenn auch bisher die Diagnose mit grosser Wahrscheinlichkeit auf Otitis interna gestellt werden konnte und der Kranke Calomel in abführender Dosis erhielt, so ward doch erst heute vollkommene Sicherheit darüber erlangt und es wurden daher 12 hirudines hinters Ohr und an die rechte Schläfe applicirt und hernach calaplasmirt. Daneben ward Calomel fortgereicht. — Am 1. XI. traten bei steter Appetitlosigkeit öfteres Aufstossen und Neigung zum Erbrechen ein und von der Zeit an wurde Patient mehr und mehr soporös; er gab jedoch immer noch richtige Antworten auf an ihn gestellte Fragen, aber nur in kurzen, abgebrochenen Sätzen. Das Gehör war rechterseits schon beim Eintritt ins Spital vollkommen verloren; jetzt nahm es auch linkerseits ab. — Die Schüttelfröste wiederholen sich häufiger und unregelmässiger. — Am 8. XI. gieng der Sopor in eigentliches Koma über. Patient schien nun bald rechts bald links gelähmt. Abwechselnd erwachte wieder Sensibilität und Motilität, um jedoch bald wieder dem mehr paralytischen Zustand Platz zu machen. Das rechte Auge wurde injicirt, verlor seinen Glanz; es bildeten sich Exsudate auf der Cornea, die sich vollkommen trübte und zu erweichen schien. (ähnlich wie bei der Durchschneidung des Nervus quintus.) — Am 12. XI. Immer in tiefes Koma versenkt bei geöffneten Augen und starrem unbeweglichem Blick zieht Patient von Zeit zu Zeit krampfhaft seine Beine an, stöhnt, seufzt, stammelt einige unverständliche Worte und fällt dann wieder demselben komatösen Zustand anheim. Die Pupillen sind beiderseits contractil und leicht verengt; linke Cornea getrübt; Thränenabsonderung beidseitig stark. Die Kopf- und Gesichthaut ist leicht geröthet, sehr heiss, besonders die rechte Hälfte; bei der leisesten Berührung der rechten Schädelhälfte, sei es an der Orbita oder hinter dem Ohr, fährt der Kranke zusammen, stöhnt und sucht mit beiden Händen jede Berührung abzuwehren. Durch lautes Schreien ins linke Ohr ist es noch möglich, den Kranken einigermassen zu wecken, der starre Blick verliert sich und fixirt die Umgebung; Patient giebt dann einige stammelnde Antworten, deutet namentlich auf seine rechte Schädelhälfte, auf die er nie zu liegen wagt; er verlangt zu seiner bereits guten Bedeckung noch eine Decke für die untern Extremitaeten und giebt ziemlich deutlich zu verstehen, dass er friere und oft erschüttert werde. Weiteres ist nicht aus dem Kranken herauszubringen. Die Haut des ganzen übrigen Körpers mit Ausnahme des Kopfes ist kühl, trocken; Puls mässig voll, 72 — 76. Die übrigen Organe boten nichts auffallendes. Die Respiration war wie bisher immer regelmässig.

Patient hatte am vorhergehenden Tage seine Milch am Morgen und die Suppe um Mittag mit scheinbarem Appetit und eigener Hand zu sich genommen und während des Tages trank er mit schwankender Hand mehrmals Wasser. In der Nacht wollte er einmal aufstehen, sank aber wieder zusammen und es musste ihm ins Bett geholfen werden. Der Harn wurde mehrere Male täglich willkürlich entleert: er war hochgestellt, mit einem ansehnlichen Bodensatz. Auf Lackmus reagirt er sauer, mit Kali causticum gekocht erschienen viele zarte weisse Flocken, mit liquor ammon. caust. stehen gelassen, entsteht eine schwach cohaerente collodiumartige Flüssigkeit. — In dem geschilderten Zustand blieb der Kranke bis am 13. XI. Nachmittags 2 Uhr, wo er anfieng, seine Glieder convulsivisch umherzuwerfen. Die Convulsionen und der Subsultus tendinum steigerten sich oft dermassen, dass das ganze Zimmer erzitterte. Die vorher trockene kühle Haut wurde jetzt feucht und heiss und ein continuirlicher intenser Schweiss stellte sich ein. Die Augen verdrehten sich. Die Schmerzhaftigkeit der rechten Kopfhälfte machte einer völligen Schmerzlosigkeit Platz.

Diese Erscheinungen dauerten fast ohne Unterbruch und Abwechslung fort bis am Abend des 14. Unter Abnahme der Convulsionen und des zerfliessenden Schweisses trat um $8^{1}/_{2}$ Uhr der Tod ein.

Die *Obduction*, 14 Stunden nach dem Tod, bei einer Temp. v. 4⁰ Réaum., ergab Folgendes:

Bei Eröffnung des Schädels Abfluss von mehrern Unzen Eiter; die ganze innere Fläche der Arachnoidea mit Eiter und Pseudomembranen so dicht bedeckt, dass man die Hirnsubstanz nicht durchsehen kann. Nur vorn links ist eine kleine unbedeckte Insel. Die Pseudomembranen sind durch Wasser nicht wegzuschwemmen. Die ganze rechte Hirnhälfte comprimirt, weniger umfangreich. Der rechte Theil des Tentoriums mit Eiter bedeckt und selbst verdickt; links dagegen weder Eiter noch Pseudomembranen. Kleines Gehirn nur an den angrenzenden Theilen mit Eiter befleckt. Schädelbasis rechts bis zur sella turcica nach vorn mit Eiter und dichten Pseudomembranen bedeckt. An allen diesen Stellen adhaerirt die dura mater nur schwach. Auf dem rechten Felsenbein an der der Paukenhöhle entsprechenden Stelle fliesst Eiter aus dem Ohre aus. Die Gegend des foramen jugulare mit Eiter erfüllt. Rechte Sinus petrosi und Sinus transversus mit Eiter bedeckt; an der Oberfläche dieser Sinus ein schwarzes festes Gewebe und ebenso in der Umgebung schwarze Färbung mit Ecchymosen. Die innere Haut des Sinus petrosus superior dexter so mit Eiter infiltrirt, dass derselbe nur mit dem Scalpell weggeschält, nicht aber weggeschwemmt werden kann. Die übrigen Sinus scheinen gesund und sind entweder mit gewöhnlichem Coagulis oder mit kirschrothem Blute erfüllt. Die Durchschnitte durch die linke Hemisphäre des grossen Hirns zeigen viele Blutpunkte, erweiterte Capilaren. Consistenz normal; in der Pia mater Hyperaemie ohne Exsudat; die Windungen gleichmässig hervorgehoben. Rechts dagegen sind die Gyri abgeplattet; das Visceralblatt der Arachnoidea und die Pia mater zusammen 1—1½ mm. dick, hyperaemisch und stellenweise von Eiter und Ecchymosen durchsetzt; Consistenz dieser Hemisphaere normal. Der scheinbar in den oberflächlichen Venen der Pia befindliche Eiter ist wohl mehr um die Venen der tunica adventitia adhaerirend, indem er sich nicht durch das Venenrohr streichen lässt. Rechter Seitenventrikel normal, mit etwas vermehrter Flüssigkeit und stark injicirten Plexus. Linker Seitenventrikel normal. Auf der hintern Fläche der Pyramide des rechten Felsenbeins nach aussen vom meatus auditorius internus ist die Dura sehr leicht von dem etwas rauhen Knochen zu trennen und es findet sich daselbst eine kleine zackige Oeffnung, die mit der durch theilweise Zerstörung des Labyrinthes vergrösserten und mit dickem, detritus führendem Eiter erfüllten Paukenhöhle communicirt. Die membrana Tympani zerstört, die Gehörknöchelchen aus ihren Verbindungen gelöst, Steigbügel und Hammer erodirt, Ambos zum Theil zerstört. Bei Eröffnung von Brust und Bauch zeigt sich: die Muskulatur von dunkler, kirschrother Färbung. Thymusdrüse noch ziemlich erhalten, von der Grösse eines kleinen Hühnereies. Pericardium mit cirka 2 Unz. gelblicher, durchsichtiger Flüssigkeit. Im Herzen mehr gallertartige Coagula und viel kirschbraunes Blut. Rechterseits zwischen den beiden Pleurablättern starke Adhaerenzen. Auf der Schleimhaut der trachea und bronchi bedeutende Entwicklung der Follikel. Beim Durchschnitt des rechten obern Lungenlappens fliesst aus mehrern Bronchialästen eiteriger Schleim. Linke Lungenspitze emphysematös. Sehr bedeutende venöse Hyperaemie im untern linken Lappen. Blut kirschbraun, sehr flüssig. Leber, Milz und Niere sehr blutreich. Die Leber zeigt an ihrer Oberfläche graublaue, hellere Flecken v. 2—3 ☐ Ctm. Im Becken finden sich leichte oberflächliche Ecchymosen. Im Uebrigen bieten die Unterleibsorgane nichts auffallendes mehr dar. Erscheinungen von metastatischen Abscessen in Articulationen etc. fanden sich weder am Lebenden noch am Todten.

Zweiter Fall.

Ositis interna, Phlebitis der Hirnsinus, metastatische Abscesse in Lunge und Pleura.

Johannes Mutschler von Itingen, Königreich Würtemberg, Eisenbahnarbeiter, 29 Jahre alt, trat am 21. Mai 1854 ins hiesige Spital ein. Da Patient fast nichts hört, so muss sich die Anamnese auf das ärztliche Schreiben beschränken, wonach derselbe früher ganz gesund am 9. Mai plötzlich von einem ¼ stündigen Schüttelfrost mit folgender Hitze und Schweiss befallen wurde; dann sei Remission eingetreten, Abends ein zweiter Anfall gefolgt und am folgenden Tage habe sich dasselbe wiederholt. Der Arzt diagnosticirte es für Intermittens und behandelte ihn mit Chinin. In Folge dessen seien die Anfälle in den folgenden Tagen nur noch einmal aufgetreten und vom 17. Mai an sogar nicht mehr; dagegen hätten sich von da an typhöse Erscheinungen geltend gemacht, jedoch ohne Diarrhoe.

Der *Status praesens* zeigt einen kräftigen Mann, der sehr schwer hört und ganz apathisch da liegt; Puls 100; Haut heiss, trocken. Die Pupillen reagiren gut. Patient

klagt über Schwindel, Kopfschmerz, Appetit- und Schlaflo-
sigkeit. Zunge trocken, rissig; Durst bedeutend. Keine
Roseola; keine Milzvergrösserung; in der Coecalgegend
der Druck schmerzhaft und im Epigastrium ein erbsen-
grosser Patechialflecken. Aus dem linken Ohr fliesst viel
Eiter und bei der nähern Untersuchung ist die Haut des
meatus auditor. externus mit Eiter bedeckt. Aeusserlich
keine Geschwulst; Druck auf die Umgebung nicht
schmerzhaft.

Beobachtung. Mai 24. Die allgemeinen Erscheinungen
dieselben; der Kranke liegt den ganzen Tag bewusstlos,
soporös da, ohne zu deliriren; die Pupillen reagiren etwas
träge, doch an beiden Augen gleich gut. Ohrenfluss derselbe. Zunge schorfig, versatil beim Herausstrecken. Am
Abdomen sind noch etwa 6 linsengrosse blutrothe Petechien erschienen. Der Bauch etwas tympanitisch aufge-
trieben. Keine paralytische Erscheinung. Der Kranke
kann selbst auf den Stuhl gehen. Coecalschmerz derselbe
ohne Gurren. Gestern gelber fester Stuhl. — Mai 26.
Bauch noch stärker tympanitisch; die Petechien werden
schwarz. Die Haut mit einem klebrigen Schweiss bedeckt
von dem eigenthümlichen typhösen Geruch. Ohrenfluss
derselbe. — Mai 28. Seit gestern ganz schwarz gefärbter
Harn, der beim Stehen einen schwarzen Satz giebt; der
Stuhl dagegen immer noch fest und gelb. Unter dem
Mikroscop zeigen sich Blutkügelchen im Harn, ferner
Krystalle von phosphorsaurer Ammoniakmagnesia und eine
Masse von Exsudatcylindern, die ganz deutlich mit dem
eigenthümlichen Epithelium der tubuli recti uriniferi besetzt
sind. (Nierencronp.) Beim Kochen kein Eiweiss.
Sp. Gew. 0,017. Keine hydropischen Erscheinungen.

Puls auf 80 gesunken. Im Uebrigen dieselben Erscheinungen. — Mai 29. Der Harn heute etwas heller, spar-
sam, zeigt aber noch dieselben Formelemente. Der Stupor
bedeutend. Gesicht collabirt, ausdruckslos, Pupillen träge,
Ausfluss aus dem Ohre geringer, aber blutig. Puls 88,
klein. Hauttemperatur gesunken, kein Schweiss. Die
Lippen mit Schorfen besetzt, ebenso die Zunge. Die
Deglutition ist behindert; das Genossene wird durch Mund
und Nase wieder zurückgegeben. Häufige singultus.
Patient giebt zwar vernünftige Antworten, kann aber
nicht deutlich reden. Der Gang ist unsicher; man muss
ihn unterstützen: Im weitern keine paralytischen Erscheinungen. In der Brust hie und da trockene sonore
Rhonchi, ohne Dyspnoe; Herz normal; keine Milzvergrösserung erkennbar; das Abdomen zeigt dieselben
Erscheinungen mit constantem Coecalschmerz; Druck auf
die Nierengegend nicht schmerzhaft; gelber fester Stuhl.
— Mai 30. Der Stupor nahm immer mehr zu, die Hauttemperatur sank immer, der Athem ward leiser und
$8^{1/2}$ Uhr Morgens erloschen alle Lebenszeichen.

Obduction, den 31. Mai. 26 Stunden nach dem Tod:
Nach Eröffnung der Schädelhöhle zeigt sich: die
Hirnhäute an der Convexitaet des Hirns normal; im
Sinus longitudinalis Blutpfröpfe, die das Lumen nicht
ganz ausfüllen; im linken Sinus lateralis, im entsprechenden Sinus petrosus superior und in der Vena jugularis
interna mit Eiter gemischtes Blut; weiter nach unten in
der Vena jugularis gegen die Mitte des Halses feste mit
Eiter vermischte Blutpfröpfe; die Wände überall verdickt,
mit Pseudomembranen und eitrigen Auflagen bedeckt, die
nicht überall von der rauhen intima zu trennen sind.

Sehr deutlich ist der Unterschied zwischen dem obern entzündeten Theil der Vena jugularis und der mehr nach der Claricula zu gelegenen gesunden Hälfte. Auch die tunica adventitia der Vene ist hyperaemisch; verdickt und kaum vom Gefässe zu trennen. Die convexe Oberfläche des Hirns selbst normal. Linkerseits an der Basis des cerebellum und an der untern Fläche des mittlern Gross-hirnlappens eine eigenthümliche grau-grüne Färbung mit leichter Injectionsröthe: am cerebellum erstreckt sich diese Färbung und Injection tief in die Substanz hinein, die hier überall erweicht ist, dagegen geht die Farbe am Grosshirnlappen nur 3—4 mm. tief, und die Substanz ist hier nicht erweicht. Nirgends ein eitriges Exsudat. Die Consistenz und Färbung der übrigen Hirntheile normal. Wenig Flüssigkeit in den Ventrikeln.

Nach Eröffnung der Bauch- und Brusthöhle zeigen sich: die beiden Blätter der linken Pleura durch starke Zellgewebsadhaesionen verbunden; in der rechten Pleura-höhle etwa ½ Mass eiterige Flüssigkeit; im Pericardium viel Serum; Schleimhaut der trachea und bronchi sehr hyperaemisch; hie und da fliesst aus den bronchis der rechten Lunge zäher eiteriger Schleim, aus der linken nur schaumiges Serum. Rechte Lunge kleiner als die linke; am obern Lappen der rechten Lunge von aussen kleine harte Körperchen durchzufühlen; an der Spitze dicht unter der Pleura eine kleine haselnussgrosse Höhle mit braunrother Flüssigkeit erfüllt und mit blutig infilt-rirter Umgebung; im untern Theil desselben Lappens noch mehrere kleine Höhlen mit Eiter gefüllt. Am un-tern Rande des mittlern Lappens ein ähnlicher wall-nussgrosser Abscess. Der Pleuraüberzug des untern

Lappens von sammtartigem Aussehen durch Auflagerung eines dünnen pleuritischen Exsudates. Im Innern des untern Lappens einige kleine Abscesse. Die linke Lunge hyperaemisch. Das Gewebe der Lunge schwimmt. Herz und Aorta normal. — In beiden Nieren die Medullarsubstanz blassgelb, degenerirt, von körnigem Ansehen. Alle übrigen Eingeweide ohne auffallende Veränderungen.

Die folgenden 3 Fälle sind kurze Auszüge aus drei Krankengeschichten, die sich in dem Werke von Sédillot (de l'infection purulente) finden.

Dritter Fall.

Otitis acuta, Caries des Felsenbeins, Perforation der dura mater, grosser Abscess im Hirn, Zerstörung des Nervus facialis und Pyaemic.

Thiébold, 29 Jahre alt, Kanonier, trat den 22. Oct. 1846 ins Militärspital von Strassburg ein unter der Diagnose: Commotio cerebri.

Anamnese: Thiébold fühlte am 7. Oct., im Artilleriedienst stehend, nach mehrern Entladungen seiner Kanone eine schmerzhafte Erschütterung in seinen Ohren, worauf sich intenser Kopfschmerz und Verlust des Gehörs am rechten Ohre einstellte. Sogleich des Dienstes entlassen, ward er die folgenden 14 Tage mit Injectionen behandelt. Mehrere Faustschläge auf den Kopf, die er während dieser Zeit in einem Raufhandel davon trug, verschlimmerten die Erscheinungen.

Beobachtung. Am 23. Oct. klagte der Patient über lebhafte Schmerzen in der rechten Kopfhälfte; daneben völlige

Apyrexie; normaler Gesichtsausdruck. — *Behandlung:*
Leichte Nahrung; 12 Egel hinters Ohr; Senffussbäder;
Sedlitzwasser; Cataplasmata ums Ohr und Injectiones
emollientes. — Am 30. Oct. und 1. Nov. wurden je 10
frische Egel applicirt. Die Erscheinungen nahmen bedeutend ab bis zum 9. Nov., wo die Schmerzen mit er-
neuerter Intensitaet sich wieder einstellten und einen mehr
continuirlichen Typus annahmen. Die Behandlung ward
mit Vesicantien auf den processus mastoideus fortgesetzt,
und da am 11. Nov. der Puls voll, hart und beschleunigt
war, 15 Egel und ein Aderlass von 400 grammes verordnet. Die Umgebung des Ohres und der äussere Gehörgang schwollen an und aus dem durch die Anschwellung beinahe verstopften Gehörgang floss wenig eiteriges
Serum aus. Allmälig bildete sich eine Lähmung des
Nervus facialis dexter aus. Die Schmerzen nahmen an
Heftigkeit zu; die Nächte wurden schlaflos; Appetitlosigkeit, starker Durst, harter und beschleunigter Puls traten
auf. Der Ausfluss aus dem Ohr wurde reichlicher und
stinkend. Hie und da stellte sich Husten ein mit sanguinolenter und purulenter Expectoration. — Am 19. fieng
der Kranke an zu deliriren und Schreie auszustossen.
In den folgenden Tagen wechselte Aufregung und Delirium mit dem tiefsten Koma ab; Patient gab auf die an
ihn gestellten Fragen keine Antwort mehr. Der Puls
wurde allmälig beschleunigter, unregelmässig und schwach;
die Respiration stieg bis auf 40 Inspirationen in der Minute. — Am 23. zeigte sich allgemeine Unempfindlichkeit, Subsultus tendinum, die rechte Gesichtshälfte convulsivisch auf die linke Seite verzogen, das rechte Auge
stets geöffnet, dem Contact der Luft preisgegeben und

daher die Conjunctiva entzündet, die Cornea getrübt. — Am 24. Morgens 4½ Uhr trat der Tod ein.

Die *Obduction*, 28 Stunden nach dem Tode, ergab folgendes Resultat: Allgemeine Abmagerung des ganzen Körpers; an einzelnen Stellen, wie auf der Doralseite der rechten Hand und Vorderarm; auf dem rechten Oberschenkel und linken Unterschenkel finden sich zerstreute Eiterbläschen, von der erhobenen Epidermis gebildet.

Nach Eröffnung von Brust- und Bauchhöhle: Zwischen den Pleurablättern beiderseits Adhaerenzen. Ein unbedeutender Erguss von röthlichem Serum in der rechten Pleurahöhle. Die scharfen Ränder beider Lungen zeigen kleine emphysematöse Erhabenheiten; die rechte Lunge zeigt an ihrer Oberfläche kleine Ecchymosen von intensiv rother Färbung mit einem schwarzen Centrum. Beide Lungen von zahlreichen metastatischen Abscessen durchsetzt.

Von den Unterleibsorganen zieht einzig die Leber die Aufmerksamkeit auf sich: Dieselbe zeigt auf ihrer ganzen Oberfläche kleine, weiss-gelbliche Flecken. Das Mikroscop weisst in diesen Flecken, in den oberflächlichen Lungen-Ecchymosen, sowie im Blut Eiterkörperchen nach.

Nach Eröffnung des Schädels und Abhebung der dura mater: Sehr beträchtliche Congestion in den oberflächlichen Venen und Erweichung des oberflächlichen Hirngewebes. Bei Herausnahme des Hirns fliesst ein dicklicher grün-gelber Eiter aus der Basis cranii. Die Hirnhäute der Basis sind mit Eiter und Pseudomembranen bedeckt. Am vordern äussern Rande des hintern rechten Grosshirnlappens findet sich eine kleine Oeffnung, die mit einem grossen, diesen Lappen erfüllenden und mit Pseudomembranen ausgekleideten Abscess communicirt. In der linken Grosshirnhemisphäre findet sich ebenfalls ein grosser Abscess, der mit dem entsprechenden Seitenventrikel zusammenhängt. Das Septum pellucidum zerstört und beide Seitenventrikel zu einer mit Pseudomembranen ausgekleideten Höhle vereinigt. Ventriculus tertius und quartus mit eitrigem Serum erfüllt. In der Mitte des kleinen Gehirns ein kleiner Abscess und das umgebende Gewebe erweicht. Die Rückenmarkshäute bieten die Zeichen der Meningitis suppurativa bis in den Sacralcanal und das Rückenmark selbst ist erweicht.

Das mittlere und innere Ohr vollkommen zerstört und in eine weite, mit foetidem Eiter erfüllte Höhle verwandelt. Diese Höhle hängt mit der Schädelhöhle durch zwei abnorme Oeffnungen zusammen, von denen die eine auf der hintern Seite des Felsenbeins vor dem meatus auditorius internus, die andere an der vordern obern Seite sich befindet; die dura ist hier überall gelöst und theilweise erweicht und zerstört. Der Nervus acusticus und facialis vollkommen zerstört. Die Membrana tympani fehlt. —

In den Gelenken der Glieder finden sich keine Ergüsse.

Vierter Fall.

Otitis supparativa, Pyaemie, die sich nacheinander als Meningitis, Pneumonie, Typhoidfieber, Erguss ins Kniegelenk und Abscess in der Wade ausspricht, Heilung.

Jean d'Hugues, Soldat, 22 Jahre alt, trat den 3. Juli 1848 ins Militärspital von Strassburg ein.

Seit 6 Tagen hattte er die Zeichen einer acuten Otitis der rechten Seite und seit 4 Tagen einen beträchtlichen eitrigen Ohrenfluss zu grosser Erleichterung der übrigen Symptome.

Der Status praesens ergab: Fieber, Durst, trockne geröthete Zunge, Husten mit schleimigem Auswurf, (letzterer schon seit 8 Monaten), wenig Kopfschmerz, Verstopfung. — Verordnug: 20 Egel um das Ohr; oleum ricini, ein Clysma, magere Fleischbrühe.

Verlauf: In der Nacht vom 4. auf den 5. Juli Aufregung und Delirium. Am 5. heftiger Kofpschmerz, stierer Blick, trockne Hitze, beschlennigter harter Puls. (Beginn der Meningitis). — *Verordnung:* Aderlass von 400 grammes; kalte Umschläge auf den Kopf. — Am 6. Juli: Husten häufiger, Dyspnoe, dickliche zähe Sputa mit Blutstreifen, voller und beschleunigter Puls. Sibilirende Geräusche in den Lungenspitzen, verminderte Respiration unten. — *Verordnung:* Aderlass, Clysma und Senffussbad. — Am 7. Juli: Trockne Zunge, fuliginöse Schorfe an Lippen und Zähnen, Delirium, Sehnenhüpfen, voller Puls, wenig Husten. Die Stühle waren reichlich und häufig (Typhoidfieber). — *Verordnung:* Sinapismen auf die Waden; 15 Egel an den processus mastodeus, je 2 auf einmal. — Am 8. Juli: Nächtliches Delirium unbedeutend, trockne rissige Zunge, tiefe angestrengte Respiration; retentio urinae. — *Verordnung:* Catheterismus; eine Flasche Sedlitzwasser. — Am 9. Derselbe Zustand. Anschwellung des rechten Knies. Mehrere flüssige Stühle. — *Verordnung:* Punktförmige Cauterisation um das rechte Ohr. Frictionen mit spiritus camphoratus über den Körper. — Am 11.: Lebhafte Schmerzen und beträchtliche Anschwellung in der rechten Wade. — Am 12.: 26 tiefe Inspirationen in der Minute, Puls gross, weich und zitternd; lebhafte Schmerzen im rechten Ohr; linkes Ellbogengelenk geschwollen und sehr empfindlich. — *Verordnung:* oleum ricini. — Am 13: Schulter-, Ellbogen- und Handwurzelgelenke sehr schmerzhaft. Zunge feucht, Fuliginositaeten verschwunden, häufige, diarrhoische Stühle. — Am 14: 28 Inspirationen; zitternder Puls, ¼stündiger Schüttelfrost Nachts 10 Uhr. — Am 15: 30 Inspirationen, Sudamina über den Schlüsselbeinen. — *Verordnung:* Wiederholung der Cauterisation um das Ohr und der spirituosen Frictionen. — Am 16. und 17.: Besserung des allgemeinen Zustandes; feuchte Zunge, Appetit, 6 diarrhoische Stühle in 24 Stunden. — In den folgenden Tagen: Nächtliche Schweisse, häufiger Husten mit Erstickungszufällen, Schmerzen in den Gelenken, einmaliges reichliches Nasenbluten, diarrhoische Stühle. — *Verordnung:* Flanellleibchen, Cauterisation um das rechte Ohr, rechtes Schultergelenk und auf der rechten Wade. — Vom 22. an langsames, aber regelmässiges Fortschreiten der Besserung: Guter Appetit; Sudamina auf den untern Extremitaeten. Die Geschwulst der Wade wird grösser, fluctuirend. Der Kranke erhält analeptische Kost und wird täglich einige Augenblicke an die Sonne gesetzt. — Am 10. August öffnet sich der Wadenabscess von selbst und es entleert sich eine Menge foetiden Eiters. Das rechte Knie angeschwollen. — Am 18. August: Der Kranke vollständig reconvalescent: der Wadenabscess geschlossen, der Ohrenfluss hat aufgehört, Husten und Schweisse verschwunden: Schlaf und Appetit vortrefflich, die Bewegung der Glieder frei; nur das rechte Kniegelenk noch etwas steif. Patient wird entlassen.

Fünfter Fall.

Otitis chronica dextra, Caries des Felsenbeins, Phlebitis des Sinus lateralis und der Vena jugularis interna, Pyaemie, metastatische Abscesse in den Lungen.

Jean Rozet, Caporal – tambour, 23 Jahre alt, von kleiner Statur und schwacher, lymphatischer Constitution trat den 19. April 1844 ins Spital ein wegen täglichen Fieberanfällen, die sich seit 4 — 5 Tagen wiederholten. Am Tage seines Eintritts wurde er von einem lebhaften Schmerz im rechten Ohre befallen. Seit mehrern Jahren litt er ab und zu an Ohrenschmerz und eitrigem Ausfluss, wovon er aber seit mehrern Monaten frei war. — *Verordnung:* 15 Egel hinter das Ohr, narcotische Cataplasmata, Chininum sulphuricum 0,3 gramm., Limonade mit Gummi arab., knappe Diät. — Am 20., 21. und 22.: Injectiones emollientes, Cataplasmata, Chininum sulph. 0,2 gramm. Zustand ungefähr derselbe. — Am 23. In der Nacht Schüttelfrost mit folgendem Schweiss. Am Morgen Apyrexie; eitriger Ausfluss aus dem rechten Ohr; Taubheit, aber wenig Schmerz. Prostration der Kräfte. — Verordnung wie oben. — Am 24. In der Nacht dieselben Erscheinungen. Am Morgen der Puls noch febril; heftiger Kopfschmerz; Zunge weiss belegt. — Verordnung: Dieselbe und ein Aderlass von 500 grammes. — Am 25. Etwas weniger Fieber; die Nacht war ruhiger. — Ein zweiter Aderlass von 500 grammes verordnet. — Die folgende Nacht ruhig, weder Frost noch Schweiss; der Kopf am 26. frei; Appetit. — In der folgenden Nacht wieder Frost und copioser Schweiss; vorübergehendes Delirium. Am Morgen des 27. Somnolenz und Stupor, jedoch richtige Antworten; drückender Kopfschmerz, Ohrenschmerz; weicher häufiger Puls; Abgeschlagenheit. (Meningitis.) — Verordnung dieselbe und ein Vesicans in den Nacken. — Am 28. Derselbe Zustand. — Am 29. In der Nacht wechselte Delirium mit Koma ab. Schweisse. Am Morgen Stupor, trockne Zunge, aufgetriebener Unterleib; ein flüssiger unwillkührlicher Stuhl; weicher häufiger Puls; kurz, typhoider Zustand. Entzündliche Anschwellung in der Gegend des rechten processus mastoideus. — Verordnung: 30 Egel an den processus mast.; fomenta emollientia auf den Unterleib. Im Uebrigen dasselbe. — Am 30. Verschlimmerung aller Erscheinungen; heftige Diarrhöe. Leichte Dyspnoe, aber keine weitern Brustsymptome. — Tod am 1. Mai, Abends 5½ Uhr.

Obduction, am 3. Mai, 36 Stunden nach dem Tod.

Schädelhöhle: Sehr entwickelte Pacchionische Drüsen; alte filamentöse Adhärenzen zwischen den beiden Blättern der Arachnoidea. Keine Spur von Entzündung auf der Arachnoidea und Pia mater, die Consistenz des Gehirns im Allgemeinen etwas gemindert. An der Basis des Hirns, entsprechend der obern vordern und der hintern Wand der rechten Felsenpyramide, wo die dura mater bräunlich gefärbt ist, finden sich 2 graue Erweichungen von 2 Ctm. Breite und Tiefe. Unter der dura daselbst grünlicher Eiter und der entsprechende Sinus lateralis und der Anfang der vena jugularis interna mit Eiter und Pseudomembranen erfüllt. Caries des mittlern und innern Ohres; Eiter in den Zellen und äusserlich unter dem periosteum des processus mastoideus.

Brusthöhle: Zahlreiche metastatische Abscesse in den Lungen von Erbsen– bis Haselnussgrösse. Das übrige Lungengewebe blutreich, aber normal.

Bauchhöhle: Zeichen der allgemeinen Euteritis; agminirte und isolirte follikel sehr entwickelt. Leber sehr voluminos; Milz geschwollen und ein wenig erweicht. Nirgends Abscesse.

Die nachfolgenden 2 Fälle finden sich in den Bulletins de la société anatomique de Paris *).

Sechster Fall.

Otitis interna suppurativa, Caries des Felsenbeins; Phlebitis der Hirnsinus und Pyaemie.

Alexandre Fouque, 46 Jahre alt, Strassenarbeiter, trat den 12. Januar 1846 im Spital Necker ein.

Patient war von guter Constitution, nie venerisch; am Ende des Jahres 1844 litt er an einem Typhoidfieber, das sich im Januar des folgenden Jahres endete. 3—4 Monate später fühlte er lebhafte, vage Kopfschmerzen, die von geringer Taubheit begleitet waren und 5—6 Tage dauerten. Von da an bis zum Juli 1845 befand er sich ziemlich wohl. Nun erneuerten sich die Kopfschmerzen, und nachdem diese einige Tage in mässigem Grade angedauert, überfiel ihn bei der Arbeit ein solcher Schmerz, dass er genöthigt war damit auszusetzen. 20 Tage lang sollen diese Schmerzen, die besonders die linke Kopfseite

---

*) V. Tom. XXI. Pag. 177 und Tom. XXIII. Pag. 18.

einnahmen, ihn geplagt haben. Im October kehrten sie wieder und verliessen ihn nicht mehr bis zu seinem Eintritt, nahmen vielmehr an Intensität zu. Die bisherige Behandlung bestand in circa 40 Egeln und mehrern Vesicantien.

Status praesens, am 7. Januar: Heftige Schmerzen in der ganzen linken Temporalgegend und im Innern des Ohres. Vollkommene Taubheit dieser Seite. Hinter dem Ohr eine teigige, undeutlich fluctuirende Geschwulst. — Eitriger Ausfluss aus dem Ohre, der nach der Aussage des Kranken schon 3—4 Jahre dauerte.

Verlauf: Am 16. deutliche Fluctuation in der Geschwulst; Eröffnung und Ausfluss von viel foetidem Eiter. Die Sonde zeigt die Oberfläche des processus mast. in weiter Ausdehnung vom Perioste entblösst. Am Abend vorher vorübergehendes mehrmaliges Frösteln. — Verordnung: mixt. purgans; knappe Diät. — Am 18. Morgens und Abends 1—3 stündige Frostanfälle mit nachfolgender starker Hitze und Schweiss. Gelbliche Gesichtstarbe. — Verordnung: 0,60 gramm. Chinin. sulph. in 2 Dosen; Injectionen mit dec. althae. durch die Wunde; Fussbäder; cataplasmata emollientia. — In den folgenden Tagen dasselbe. — Am 21. Die Fröste haben aufgehört; seit dem 18. ist Diarrhöe eingetreten und zugleich ein wenig Husten. — Verordnung dieselbe. — Am 24. Leichter Husten ohne Dyspnoe; das vesiculäre Athmen rechts undeutlicher, als links, besonders unten. Rechts hinten einige subcrepitirende Rhonchi. Die Percussion ergiebt nichts. Puls 70, voll, leicht vibrirend. Geschmack bitter schleimig; Zunge mässig feucht weisslich belegt; wenig Appetit, starker Durst. Bedeu-

tende Diarrhöe, täglich 4—5 Stühle. Harn gelblich mit
weisslichem Bodensatz. Kopfschmerzen keine. Die Wunde
von gutem Aussehen; beträchtlicher Abfluss von Eiter
aus der Wunde selbst, keiner aus dem Gehörgang. Im
Ohre selbst und in der Temporalgegend geringe Schmerzen. — Am 25.: Befinden gut; keine Frostanfälle mehr;
Ohrschmerzen noch geringer; Puls voll, 90. — Diarrhöe
besteht noch. — Am 27.: Zunge und Zahnfleisch mit fuli-
ginösen Schorfen, trocken; sonst derselbe Zustand. — Am
29. wieder einige leichte Frostanfälle. — Am 30.: All-
gemeinbefinden schlimmer; sibilirende und crepitirende
Rhonchi in der ganzen vordern rechten Brustseite: vorn
unten grossblasige Rhonchi. Links dieselben Geräusche,
nur geringer. Hautfarbe erdfahl: Stupor im Gesichtaus-
druck. In der vorigen Nacht blandes Delirium. Am Abend
weicher, zusammendrückbarer Puls, 108; Delirium und
Stupor. — Am 31.: Puls voller, 100; Delirium während
der ganzen vorigen Nacht. — Am 1. Februar: Verschlimmerung der Erscheinungen nach einer sehr unruhigen
Nacht. Puls 90. voll. Leichte Frostanfälle. In den folgenden Tagen wird der Puls immer schneller und weicher und der Tod tritt am 3. Februar Abends 8½ Uhr ein

Autopsie, 36 Stunden nach dem Tode:

Denudation des Knochens am processus mastoid. in
einer Ausdehnung von 8—9 Ctm. im Quadrat; sie erstreckt
sich auch in den hintern Theil des äussern Gehörgangs,
woselbst der Knorpel vom Knochen gelöst erscheint; hie
und da mit Eiter erfüllte Vertiefungen.

Schädelhöhle: Die Oberfläche des Hirns, dem Sinus
lateralis sinister entsprechend, in der Ausdehnung von
einigen Ctm. dunkelbraun gefärbt mit oberflächlicher Er-

weichung der substant. grisea in unbedeutender Ausdehnung. Im übrigen Theil des Gehirns nichts auffallendes Auf der innern Seite der dura mater linkerseits bläuliche Färbung, etwas dunkler auf dem Felsenbein selbst und die dura leicht vom Knochen zu trennen, verdickt und auf der äussern Seite wie ulcerirt. Der Sinus lateralis bis zur Einmündung in die Vena jugularis entzündet, dessen Wände verdickt, innen mit einer 1 mm. dicken Pseudomembran ausgekleidet und das übrige Lumen mit Eiter erfüllt; einzig an seiner Verbindungsstelle mit dem Sinus petrosus superior, dessen Entzündung nicht zu constatiren, ist das Lumen ganz obliterirt. Die Vena jugularis interna bis zu ihrer Verbindung mit der Subclavia entzündet, verdickt, mit Pseudomembranen und Eiter und Blutcoagulum erfüllt. An der Verbindungsstelle mit der Subclavia findet sich ein Blutpfropf, der das Lumen aber nicht ganz ausfüllt und sich bis in den Stamm der Vena anonyma fortsetzt. Das der Vena jugularis benachbarte Zellgewebe und die nahen Lymphdrüsen infiltrirt. — Die Oberfläche des Felsenbeins zeigt eine von unregelmässigen Rändern umgebene Oeffnung von 4—5 mm. Durchmesser, die mit den Mastoidalzellen communicirt. Letztere sind mit tuberkelähnlicher Masse erfüllt und eine grössere durch Zerstörung der Zwischenwände entstandene Höhle oben und hinter dem äussern Gehörgang communicirt mit der Paukenhöhle, die selbst mit Eiter erfüllt ist. Die membrana tympani beinahe vollständig zerstört.

Brusthöhle: Ziemlich beträchtlicher Erguss in den beiden Pleurahöhlen, besonders rechts von einem röthlichen eitrigen Serum. Einige Stellen der Lungenoberfläche ulcerirt mit grauem Grund: wahrscheinlich durch aufgebrochene, oberflächliche Abscesse entstanden. Die linke Lunge zeigt besonders im unteren Lappen zahlreiche erb- sen – bis haselnussgrosse Abscesse, deren Umgebung leicht hepatisirt ist; das übrige Gewebe hyperaemisch. Die rechte Lunge zeigt weniger Veränderungen, nur hie und da kleine Abscesse.

Bauchhöhle: Leber mit einigen bläulich marmorirten Flecken an der Oberfläche; im Innern keine Abscesse. — Milz etwas vergrössert, mit erweichter, bald grau, bald braun gefärbter Pulpa. Nieren äusserlich mit einigen bläulichen Flecken.

Keine Ergüsse in den Articulationen.

Siebenter Fall.

Ein junger Mann von 20 Jahren, robuster Constitu- tion, wurde ohne bekannte Ursache von rechtseitigem Kopfschmerz mit heftigem Ohrensausen ergriffen, so dass er seine Arbeit aussetzen musste. Da die Schmerzen sich steigerten, trat er in Behandlung, die in 36 Egeln hinter die Ohren, einem Aderlass und verschiedenen Purganzen bestand. Nachdem so ein Monat ohne Er- leichterung vorüber war, trat er in's Spital Beaujon ein.

Status praesens am Tage seines Eintritts: Das Ge- sicht lebhaft geröthet, namentlich die rechte Wange. Die Augenlieder derselben Seite stark contrahirt, in leicht spasmodischer Bewegung, wie auch die benach- barten Muskeln. Das Auge ist sehr schwer zu öffnen. Das rechte Ohr zeigt einen leichten purulenten Aus- fluss, der einige Tage früher sehr reichlich gewesen sei. Patient klagt über heftigen, klopfenden Schmerz in demselben. Puls voll, beschleunigt, Haut sehr heiss; Zunge normal, Appetitlosigkeit, starker Durst, Verstopfung. Das Sprechen ist für den Kranken schmerzhaft.

Einige Tage nachher tritt der Tod ein.

Bei der Autopsie constatirt man: Am mittlern rechten Lappen des grossen Hirns an der Berührungsstelle mit dem Felsenbein eine Ulceration von 15 mm. Ausdehnung, bedeckt mit einer leichten Schicht Eiter; darüber befindet sich in der Grösse einer kleinen Nuss eine geröthete und erweichte Stelle mit Injection der umgebenden Gefässe, ganz einem apoplectischen Herde ähnlich. Die Hirnsubstanz um den Herd leicht gelblich. Die Dura, welche die Ulceration von dem Felsenbein trennt, ist auf der Aussenseite schwärzlich, auf der Hirnseite gelblich und eiterig. Der vordere Theil des kleinen Gehirns, der mit dem Sinus lateralis dexter in Berührung kommt, schwärzlich und 1 Ctm. weit leicht erweicht. Der ganze Sinus lateralis dexter bis zum Torcular Herophili ist von Phlebitis ergriffen. Das übrige Hirn normal.

Linkseitige Pleuritis mit Erguss und Adhaerenzen. In den Lungenspitzen einige verkreidete Tuberkel neben andern erweichten. Nichts im Herzen. Die Leber etwas entfärbt. Die Milz umfangreicher als gewöhnlich.

Unterwerfen wir die gegebenen Krankheitsbilder einer nähern Prüfung, so lassen sich daran folgende Betrachtungen knüpfen:

Vor allem aus resultirt besonders aus den anamnesti-
schen Daten das für die Medicin unverantwortliche Factum,
dass eine in ihren Folgen lebensgefährliche Krankheit wie
die Otitis interna in ihrem Beginne meist verkannt oder
zu gering geachtet, gerade in der Zeit, wo eine rationelle
Behandlung vom schönsten Erfolge gekrönt würde, gar
nicht oder höchst ungenügend behandelt wird. Meist
kamen die Kranken, bis dahin wenig behandelt, unter
falscher Diagnose ins Spital, so der erste Fall als Typhus,
der zweite als Intermittens, der dritte als commotio
cerebri und auf das schon zu weit vorgerückte Grundleiden
ward keine Rücksicht genommen. Wo liegt die Schuld
dieses Verkennens? In der Gleichgültigkeit der Kranken?
In der Schwierigkeit der Diagnose? Oder in der Un-
kenntniss der Behandelnden? Allerdings herrscht nun
einmal aus alter Zeit das Volksvorurtheil, dass gegen Ohr-
krankheiten Nichts gethan werden könne und desshalb
schenkt man ihnen keine Aufmerksamkeit, sondern lässt
sie ihren zerstörenden Verlauf ungehindert nehmen. Wer
hält aber dieses Vorurtheil, während die Ohrenpraxis so
schöne Resultate liefert, jetzt noch aufrecht? Wem fällt
die Gleichgültigkeit der Patienten grossentheils zur Last?
Gewiss vor allem dem Arzte, der durch die unerheb-
lich scheinenden Funken der beginnenden Krankheit hin-
durch das verderbliche Feuer nicht sieht, das daraus
entstehen kann. Wenn nichts die Wichtigkeit der Ohrenheilkunde für jeden auf Wissenschaft oder nur auf Huma-
nität Anspruch machenden Arzt darthun und zu ihrem
Studium auffordern würde, so müssten es doch die vor-
liegenden Fälle. Vermessenheit wäre es aber, der medicinischen Welt, durch wenige Krankenbeobachtungen

veranlasst, einen allgemeinen Vorwurf zu machen, wenn nicht nüchterne Autoren, die mehr eigene Erfahrung in dieser Beziehung gemacht haben, dasselbe Urtheil fällen würden. So sagt Dr. Schmalz in seinen Erfahrungen über Krankheiten des Gehörs: „Bei der chronischen Entzündung des innern Ohres werden die anfangs geringen Beschwerden oft nicht beachtet oder ganz übersehen, in den vorgerücktern Zeiträumen aber pflegt man nur dem Gehirn seine Aufmerksamkeit zuzuwenden, das Ohr hingegen gar nicht zu berücksichtigen." — In diesen Worten liegt zugleich ausgesprochen, wie viel der Schwierigkeit der Diagnose in Rechnung zu bringen ist. Sie ist nämlich nur darum schwierig, weil sie oft auf so unbedeutende Symptome hin gestellt werden muss, dass sie einer für solche Leiden nicht geschärften Aufmerksamkeit leicht entgehen.

Vergleichen wir nun in den einzelnen Fällen die Symptome am Lebenden mit den Erscheinungen am Todten, so ergiebt sich folgendes:

Im ersten Falle erhalten wir ein Bild einer ganz chronisch verlaufenden Otitis, die sich nur durch Ohrenschmerzen, zeitweise durch Kopfschmerzen, Ohrenfluss, Abnahme des Gehörs und auffallende Gemüthsstörung ausspricht. Und in der Leiche findet sich Destruction der Paukenhöhle, der Gehirnknöchelchen und des Labyrinthes. Erst nach 1½jährigem Leiden bricht die cariöse Zerstörung allmälig nach der Schädelhöhle durch und afficirt das Gehirn in gravirender Weise. Innerliches Frieren, Eingenommenheit des Kopfs, allgemeine Niedergeschlagenheit sind die ersten Symptome der nun auftretenden Meningitis, deren allmäliges Fortschreiten genau

3

zu verfolgen ist. Nach diesen ersten Reizungssymptomen folgt der Ausdruck der allgemeinen Gehirnhyperämie als Schmerz in allen Gliedern, grösste Unruhe, Delirium, unausstehlicher Kopfschmerz, Schüttelfröste; hierauf kommen die Erscheinungen des gesetzten Exsudates: Convulsionen, Sopor, Koma, Paralysen. — Am Interessantesten zeigt sich das Fortschreiten des suppurativen Entzündungsprocesses und der Destruction auf der Basis von hinten und aussen nach innen und vorn durch die Affection der Nervenwurzeln des Quintus und Oculomotorius. 6 Tage vor dem Tode fangen die trophischen Störungen im rechten Auge an; die ganze rechte Gesichtshälfte ist bis auf die Mittellinie stärker geröthet, turgescirend, bedeutend heisser, als die linke und ungemein schmerzhaft: wenn diese Schmerzhaftigkeit ganz der Neuralgia Quinti entspricht, so haben jene trophischen Störungen mit dem durch Experimente an Thieren constatirten Destructionsprocesse bei Durchschneidung des N. trigeminus grosse Analogie. Dieses Experiment der Natur ist jedoch durch die bloss allmälige Zerstörung des Nerven von der in künstlichen Experimenten gemachten plötzlichen Durchschneidung verschieden. Daher treten auch in diesem Falle 2 neue Symptome hinzu, die man beim künstlichen Experiment nicht beobachtet, nämlich die enorme Schmerzhaftigkeit und Röthung der ganzen Gesichtshälfte — blosse Reizung — und der Uebergang in vollkommene Unempfindlichkeit — eingetretene Functionsunfähigkeit des Trigeminus. — Der Oculomotorius hingegen scheint erst einige Tage vor dem Tode in den eigentlichen Destructionsprocess gezogen worden zu sein, indem erst jetzt die Pupillen sich

verengten und die Augen sich verdrehten. Das Exsudat
rückte wohl von der Seite der Schädelbasis gegen die
Mittellinie vor und fieng an auf den Oculomotorius zu
drücken. Denn alle Laesionen im Hirn waren rein
peripherisch. — Ferner bestätigt die Section die grosse
Widerstandsfähigkeit der dura mater, indem sie zwischen dem cariös durchbrochenen Felsenbein und der
suppurirenden Arachnoidea unzerstört blieb. — Wir haben endlich noch der Phlebitis der Hirnsinus zu geden-
ken, wobei sich die Frage aufdrängt, ob in diesem Falle
wirklich Pyaemie Statt gefunden habe oder nicht. Die
Symptome am Lebenden könnten leicht zu dieser Diagnose verleiten, wenn man sich nicht das Gesammtbild
der Pyaemie klar vergegenwärtigt: es fehlten in diesem
Falle alle auffallenden Circulations- und Respirations-
störungen der Pyaemie, es fehlten ferner alle Symptome
des typhoiden Fiebers oder der Blutzersetzung, während
alle vorhandenen Erscheinungen sich vollkommen als
reine Cerebralsymptome der Meningitis erklären lassen.
Von den Erscheinungen am Todten können einzig die
kirschbraune, mehr flüssige Beschaffenheit des Blutes und
die graublauen, hellen Flecken an der Leber als erster
Ausdruck der Pyaemie geltend gemacht werden. Es
liegt also kein entschiedener Beweis vor, dass in diesem Falle Pyaemie bestanden habe und die Symptome
am Lebenden können alle von der Meningitis suppurativa hergeleitet werden.

Der 2. Fall zeigt das latente Auftreten der Otitis interna wiederum deutlich und was den weitern Verlauf
anbelangt, so wird er mit dem 1. Fall zusammengehal-
ten dadurch von besonderm pathologischen Interesse,
dass hier der tödtliche Ausgang offenbar mehr durch

die Phlebitis und consecutive Pyaemie bedingt war, als durch die Meningitis. Er bildet somit ein Gegenstück zum vorigen Fall: dort die umfangreichen Zerstörungen an der Hirnperipherie und diesen entsprechend im Leben reine Cerebralsymptome; hier hingegen sehr geringe anatomische Störungen im Hirn, dagegen pyaemische Abscesse in den Lungen, eitriger Erguss in die Pleurahöhle und am Lebenden das Vorwiegen typhöser Erscheinungen: Unregelmässigkeit in der Pulsfrequenz, Weichheit des Pulses, schorfige trockne Zunge und Lippen, Petechien, Blutharnen.

Während die beiden ersten Fälle eine höchst chronisch verlaufende Otitis zu ihrem Ausgangspunkte haben, giebt der 3. Fall das Bild der Otitis acuta. In aetiologischer Hinsicht merkwürdig ist hier die als Ursache hingestellte Erschütterung durch Kanonendonner, wozu aber jedenfalls die später erlittenen Faustschläge zu addiren sind. Nachdem nun diese Otitis über 4 Wochen gedauert, spielt sich der Process deutlich auf die Meningen über, indem die Kopfschmerzen intenser werden und einen continuirlichen Typus annehmen. Damit bildete sich wohl gleichzeitig die Phlebitis der Sinus aus: aber erst etwa 8 Tage darauf treten die ersten Spuren der Pyaemie auf als beschleunigter, weicher Puls, starker Durst, Husten, mit sanguinolenter und purulenter Expectoration, zu welchen Erscheinungen bald Unregelmässigkeit und Schwäche des Pulses und Dyspnoe hinzutreten. Als reine Cerebralsymptome finden wir hier: Bewusstlosigkeit, Delirium, Aufschreien, Sehnenhüpfen gefolgt von Koma und allgemeiner Anaesthesie. — Auffallend bleibt es, dass hier die Schüttelfröste mit folgenden Schweissen fehlen. Ob das Ausbleiben dieser

Symptome mit der hier erst im Tode constatirten suppurativen Meningitis der Medulla zusammenhängt, steht dahin. Es sind hierüber weitere Beobachtungen nöthig. Noch auffallender ist das Fehlen allgemeiner Paralysen, die man bei einer suppurativ. Meningitis cerebri et medullae, bei den enormen Zerstörungen der Hirnsubstanz selbst doch erwarten sollte. — Diesem Falle eigenthümlich ist die Destruction des N. facialis dexter, und die Constatirung ihrer Symptome: Lähmung der entsprechenden Gesichtshälfte, convulsivisches Verziehen derselben durch die innervirte linke Seite nach links und Offenbleiben des rechten Auges.

Die 3 besprochenen Fälle geben also 3 verschiedene Verlaufstypen mit 3 entsprechenden Krankheitsbildern:

1) Otitis, Phlebitis der Sinus, Meningitis suppurativa: Tod durch letztere, ohne bestimmten Ausbruch der Pyaemie. Dieser Verlauf characterisirt den 1. in seiner Art allein dastehenden Fall.

2) Otitis, ganz leichte Meningitis, dagegen heftige suppurative Phlebitis der Sinus und Vena jugularis interna, Ausbruch der Pyaemie und Tod durch diese characterisirt nicht nur den 2., sondern auch den 5. und 6. Fall, auf deren Analyse ich wegen dieser vollkommenen Analogie nicht weiter einzugehen brauche.

3) Die gemischte Form: Meningitis, Phlebitis und Pyaemie in gleichstarker Entwicklung neben einander: daher Verwebung beider vorigen Krankheitsbilder. Dahin gehört der 3. Fall und so viel aus den spärlichen Daten zu schliessen auch der 7. Fall. Aber trotz der ungenügenden Beobachtung hat dieser 7. Fall besonderes Interesse, weil er zu den Lähmungssymptomen des N.

facialis im 3. Falle die Reizungssymptome dieses Nerven hinzufügt: Spasmus in den Gesichtsmuskeln in der Umgebung des Auges und spasmodische Cantraction des orbicularis palbebrarum, die wohl kaum auf photophobischer Reflexwirkung, sondern auf directer Reizung des Facialis durch den entzündlichen Process im Ohre beruhen.

Es bleibt uns noch der 4. Fall übrig, der keinem der andern Fälle unterzuordnen und seines merkwürdigen Verlaufes wegen einer besondern Betrachtung vollkommen werth ist. Durch Vergleichung mit den übrigen gegebenen Krankheitsbildern wird es mehr als wahrscheinlich, dass wir es hier mit einer vollständig ausgebildeten Meningitis, Phlebitis der Sinus und consecutiven Pyaemie zu thun haben und doch geht dieser Fall in Heilung über. Es ist diess, meines Wissens wenigstens, die erste Beobachtung geheilter Pyaemie in Folge von Otitis interna und berechtigt uns in prognostischer und therapeutischer Hinsicht zu Hoffnungen für die Zukunft. Denn wenn wir mit der ziemlich lauen Therapie, die in den übrigen tödtlich endigenden Fällen in Anwendung kam, die energische Behandlung dieses Falles zusammenhalten, so ist nicht zu verkennen, dass der günstige Erfolg zum Theil auf Rechnung dieser umsichtigen Behandlung zu setzen ist, anderntheils aber der guten Constitution und andern unbekannten Einflüssen zuzuschreiben. Es wurden nämlich im Verlauf von 20 Tagen 2 Aderlässe, ab und zu leichte Abführmittel verordnet, topisch 35 Egel nach der Gama'schen Methode applicirt, 3 punctformige Cauterisationen mit dem ferr. candens am processus mast. und andere an den afficirten Gelenken unternommen; kalte Umschläge auf den Kopf, Sinapismen und Senfbäder für die untern Extremitäten, Frictionen mit spirit. camphor. über den Körper in Anwendung gebracht und die Reconvalescenz durch Analeptica unterstützt. Als critische Ausgleichung der pyaemischen Infection sind die Diarrhoen, die oberflächlichen Abscesse und das reichliche Nasenbluten in Anschlag zu bringen. Leider ward auf den Harn nicht Rücksicht genommen. Bringt man in Rechnung, dass hier die Phlebitis eines der wichtigsten Organe, wie das Gehirn, in Mitleidenschaft zog, so wird die Prognose für andere Fälle der Phlebitis und Pyaemie, die in minder wichtigen Theilen des Organismus ihren Ursprung nehmen und der Therapie leichtern Zugang gewähren, noch günstiger.

Schliesslich komme ich noch auf den Hauptzweck meiner Arbeit, auf die Phlebitis der Hirnsinus zurück. Aus den angeführten Fällen resultirt, dass diese Krankheit im Allgemeinen ziemlich häufig vorkommen muss und doch wurde bisher so wenig darauf aufmerksam gemacht. Die Meningitis wurde bis dahin offenbar sowohl am Lebenden als Todten zu wenig in Bezug auf diese wichtige Zugabe (Phlebitis und Pyaemie) erforscht. Die vorigen Betrachtungen über die gegebenen Krankengeschichten lehren aber, dass die Symptome beider Affectionen ziemlich genau aus einander gehalten werden können. Ein neues Feld eröffnet sich also hier der Beobachtung, indem der Schluss wohl gerechtfertigt ist, dass auch bei andern Formen der Meningitis, sowie bei Entzündungen anderer Organe überhaupt die Phlebitis und die Pyaemie eine grosse Rolle spielen, die bisher zu wenig beachtet in Diagnose, Prognose und Therapie ganz neue Gesichtspunkte aufdecken.

THESEN.

1. Das Stratum baccillosum der Retina ist kein katoptrischer, sondern ein Perceptionsapparat.

2. Es giebt weder Mitempfindung noch Reflexempfindung.

3. Die verschiedenen eiweissartigen Körper sind blosse Modificationen eines und desselben Körpers.

4. Die Fiebererscheinungen beruhen auf einer Affection des Rückenmarks.

5. Es giebt kein pathognomisches Zeichen der acuten Tuberculosis.

6. Laues eiweisshaltiges Wasser ist das erste und beste Mittel bei allen durch den Magen ingerirten Giften.

7. Infusion und Transfusion sind als Heilmittel zu verwerfen.

8. Die Decidua vera ist die Schleimhaut des Uterus selbst.